Analyse de l'œuvre

Par Natacha Cerf et Célia Ramain

Une saison blanche et sèche

d'André Brink

Rendez-vous sur lepetitlitteraire.fr et découvrez :

Plus de 1200 analyses
Claires et synthétiques
Téléchargeables en 30 secondes
À imprimer chez soi

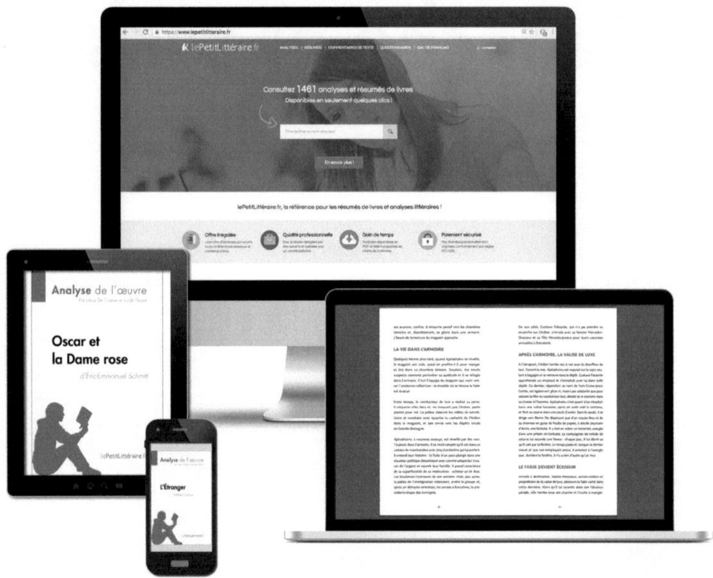

ANDRÉ BRINK

ÉCRIVAIN SUD-AFRICAIN D'EXPRESSION AFRIKAANS

- **Né en 1935 à Vrede (Afrique du Sud)**
- **Décédé en 2015**
- **Quelques-unes de ses œuvres :**
  - *Au plus noir de la nuit* (1973), roman
  - *La Porte bleue* (2007), roman
  - *Mes bifurcations* (2009), mémoires

André Brink est un professeur, romancier, dramaturge et essayiste engagé contre l'apartheid (régime de ségrégation systématique des populations de couleur appliqué en Afrique du Sud entre 1913 et 1991). Né dans une famille bourgeoise d'Afrikaners, c'est-à-dire de descendants des premiers colons boers arrivés en Afrique du Sud, il est bercé par les discours nationalistes et racistes contre lesquels il s'élèvera toute sa vie d'écrivain.

Après avoir effectué une partie de ses études en Afrique du Sud, il part pour Paris. C'est là, en 1959, alors qu'il poursuit des études supérieures en littérature comparée à la Sorbonne, qu'il prend conscience de l'absurdité de la ségrégation et de la discrimination raciales. Son œuvre, rédigée en afrikaans (langue germanique d'Afrique du Sud) et en anglais, est intimement liée à l'histoire politique de son pays.

André Brink décède quelques jours après avoir reçu le titre de docteur *honoris causa* de l'Université de Louvain-la-Neuve (Belgique), dans l'avion qui le ramène au Cap (capitale de l'Afrique du Sud).

Il a acquis une renommée mondiale avec *Une saison blanche et sèche.*

UNE SAISON BLANCHE ET SÈCHE

LE ROMAN D'UN COMBAT

- **Genre** : roman
- **Édition de référence** : *Une saison blanche et sèche*, traduit de l'anglais par Robert Fouques Duparc, Paris, Stock, 1980, 372 p.
- **1ʳᵉ édition** : 1979
- **Thématiques** : Afrique du Sud, apartheid, justice, égalité, lutte, racisme

Quatrième roman d'André Brink, *Une saison blanche et sèche* est publié en 1979 et d'emblée interdit en Afrique du Sud. Confié à un éditeur londonien, il est traduit dans une dizaine de langues et obtient le prix Médicis étranger en 1980.

L'intrigue se déroule en 1976 à Johannesburg. Comme des milliers d'étudiants noirs, Jonathan participe aux émeutes de Soweto, qui dénoncent la promotion de l'afrikaans comme langue officielle de l'enseignement. Arrêtés successivement par la Section spéciale, Jonathan et son père Gordon succombent aux tortures qui leur sont infligées. Un professeur afrikaner de Johannesburg, Ben Du Toit, se met alors en quête de la vérité et engage une lutte pour que justice leur soit rendue. Il en paiera le prix fort.

RÉSUMÉ

UNE DISPARITION INQUIÉTANTE

En juin 1976, Jonathan, fils du balayeur noir de l'école dans laquelle enseigne Ben Du Toit, participe aux émeutes de Soweto. Après quoi, il n'a plus donné signe de vie. Ses parents, Gordon et Emily Ngubene, ne recevant aucune information de la police, engagent avec l'aide de Ben un avocat, Dan Levinson, à qui la police spéciale raconte que Jonathan a été tué lors des émeutes. Le corps, prétendument non réclamé, a été enterré un mois auparavant.

Au cours de son enquête, Gordon découvre que son fils a été arrêté puis torturé par la Section spéciale, qui souhaitait lui faire porter le chapeau pour les émeutes. Souhaitant rendre justice à son fils, Gordon convainc les témoins de faire une déposition. Mais, le lendemain, il est lui-même arrêté. Ben tente, sans succès, d'apprendre du colonel Viljoen le motif de cette arrestation.

Dans les vêtements de son mari qu'on lui a rendus, Emily découvre des traces de sang et trois dents cassées. Un homme ayant été enfermé en même temps que Gordon raconte l'avoir vu incapable de marcher et de parler correctement. Il se souvient également de son visage tuméfié par les passages à tabac répétitifs.

Grâce à plusieurs témoins, l'avocat de Gordon parvient à élaborer un rapport suffisamment complet pour être présenté au juge. Or, à l'audition, les témoignages présentés par la Section spéciale incitent le juge à ne pas rendre d'arrêt final. Une quinzaine de jours plus tard, la radio annonce la mort de Gordon.

UNE MORT SUSPECTE

Ben se rend dans les agglomérations noires pour examiner le corps de Gordon. Stanley, un ami des Ngubene, l'accompagne. Sous l'élégant costume de Gordon, Ben découvre un homme à la maigreur effrayante et aux blessures mal dissimulées.

Lors du procès, toutes les preuves de torture ayant entrainé la mort de Gordon sont jugées infondées et insuffisantes. Par conséquent, elles sont rejetées en bloc. Le tribunal conclut au suicide par pendaison, sans qu'aucun acte de négligence ou de mauvais traitement n'ait été mis en cause. À la sortie du procès, Ben fait la connaissance de la journaliste Mélanie Bruwer pendant que Stolz, de la Section spéciale, perquisitionne le domicile de l'enseignant. Il confisque les notes de Ben sur les débuts de son enquête, des lettres et des journaux intimes.

Ben veut rassembler suffisamment d'éléments pour pouvoir rouvrir l'affaire. Emily lui confie alors une petite feuille de papier quadrillé et un morceau de papier hygiénique dont Gordon s'était servi pour lui écrire lorsqu'il était emprisonné. Si le premier message ne laisse pas deviner de trop mauvais traitements, le second est quant à lui explicite :

> « Ma chère femme, je vis toujours dans ces conditions (quelques mots illisibles). Trop de souffrance. Tu dois essayer

de m'aider car ils veulent pas (illisible). Occupe-toi bien des enfants et si tu as besoin d'argent, demande à l'église ou à mon (illisible) maître qu'il est bon avec nous. Je sais pas si je rentrerai vivant ; ils sont très (illisible), mais Dieu il nous aidera et tu me manques beaucoup. Essaie de m'aider parce que... » (p. 218)

Il s'agit dès lors de retrouver toutes les personnes impliquées dans l'affaire et de les pousser à refaire une déposition. Ben souhaite notamment recueillir le témoignage du médecin qui a assisté à l'autopsie, mais celui-ci se laisse difficilement convaincre, par peur des représailles. Ses craintes s'avèrent d'ailleurs justifiées : le lendemain, lui et sa famille sont assignés à résidence pour cinq ans.

UN COMBAT AUX LOURDES CONSÉQUENCES

Les conséquences du combat de Ben sont nombreuses : épié et suivi, il voit son téléphone mis sur écoute par la police, son courrier censuré, ses amis et collègues interrogés à son sujet, une faucille et un marteau peints sur sa porte, les pneus de sa voiture crevés, et son fils insulté à l'école. En outre, les Noirs opprimés, ayant eu connaissance des efforts de Ben pour rendre justice à Gordon, se rendent en masse chez lui. Ce défilé incessant de quémandeurs ruine sa vie de famille et sa santé, mais il ne peut refuser de les aider.

La plupart des témoins qui acceptent de signer leurs dépositions sont aussitôt arrêtés par la Section spéciale. Ben est rongé de remords : parmi ceux qu'il a impliqués dans son enquête, beaucoup sont bannis, emprisonnés, voire tués. Emily s'est jetée sous un train en apprenant le décès de son autre fils, Robert, tué par une patrouille de l'armée sud-africaine alors qu'il tentait de traverser la frontière vers le Mozambique. Mélanie, devenue la maitresse de Ben, a quant à elle été déchue de sa citoyenneté sud-africaine et est désormais interdite de séjour dans le pays.

Lorsque Ben parle au colonel Viljoen des méthodes d'intimidation de la Section spéciale, cela ne fait qu'aggraver les choses : la nuit même, des coups de feu sont tirés depuis la rue vers son domicile. Il alerte alors la presse, mais le responsable du journal afrikaans refuse de publier l'histoire à cause des risques encourus. En désespoir de cause, Ben se rabat sur la presse anglaise. Si l'article fait sensation, les conséquences ne se font pas attendre : le journal est attaqué en diffamation et le journaliste condamné à un an de prison pour avoir refusé de divulguer ses sources.

Au même moment, l'avocat Dan Levinson s'enfuit. Recevant l'asile politique à Londres, il y organise plusieurs conférences sur les injustices commises par la police de sureté. Seulement, il a lui-même escroqué plusieurs de ses clients noirs en leur faisant payer des sommes exorbitantes et en leur réclamant de l'argent qu'il avait déjà reçu.

UNE SOLITUDE INFINIE

Ne sachant plus vers qui se tourner, Ben se sent impuissant. Il donne sa démission. Peu après, éprouvée par les méthodes d'intimidation de la Section spéciale et par la découverte brutale de l'adultère de son mari, Susan, la femme de Ben, décide de le quitter. Ben se retrouve alors seul avec son fils Johan, dernier membre de sa famille à le soutenir ouvertement. Lorsqu'il se rend chez Stanley à Soweto, la femme de ce dernier lui annonce que, se sentant en danger, son mari est parti pour le Botswana.

Suzette, la fille de Ben, avec qui il entretient habituellement des rapports tendus, se montre étonnamment présente et affectueuse. Au cours d'une de leurs conversations, Ben lui révèle où il a caché les papiers concernant l'affaire. Mais, en rentrant chez lui, il est pris de crainte à l'idée que Suzette soit en contact avec la police de sureté, ce qui expliquerait sa soudaine bienveillance. Par précaution, il déplace les papiers. La nuit suivante, son garage est cambriolé et la boite à outils où il cachait initialement ses documents est éventrée. Conscient de la trahison de sa fille, Ben ruse et demande innocemment à Suzette de garder tous ses papiers. Grâce à ce subterfuge, il espère tromper les autorités et se soustraire à leur vigilance au moment de poster ses véritables notes concernant l'enquête.

Une semaine après le décès de Ben, renversé par une voiture, le colis parvient à son ami journaliste qui, malgré les risques encourus, décide de publier l'enquête « [p]our qu'il ne soit plus possible de dire encore une fois : Je ne savais pas » (p. 382)

ÉTUDE DES PERSONNAGES

BEN DU TOIT

Modeste enseignant d'histoire-géographie, Ben Du Toit est un Afrikaner de 52 ans à la vie bien rangée qui s'articule exclusivement autour de sa famille, de son travail et du bricolage. Marié à Susan, ils ont ensemble trois enfants : Suzette, Linda et le cadet Johan.

Lorsque Jonathan, le fils du balayeur de l'école où travaille Ben, disparait et meurt dans des circonstances suspectes, la vie sans histoire de ce dernier vole en éclats. Car c'est vers Ben, le seul Afrikaner (et donc homme blanc) qui se soit montré bon envers lui, que se tourne le père du disparu, Gordon. Les deux hommes entretiennent une relation de confiance et d'amitié depuis que Ben a pris par le passé la défense de Gordon contre de fausses accusations de vol : une somme d'argent ayant un jour disparue d'une salle de classe, les professeurs du lycée s'étaient empressés d'accuser Gordon. Ben avait alors mené son enquête et découvert qu'il s'agissait en réalité d'élèves de terminale. Plus tard, apprenant que Jonathan, élève pourtant brillant, allait devoir renoncer à ses études faute de moyens, Ben s'était porté volontaire pour les financer lui-même.

C'est avec Gordon que Ben va découvrir les conditions de vie des Noirs sous l'apartheid. Quand Gordon disparait et meurt à son tour dans d'étranges circonstances, Ben décide de poursuivre et d'intensifier la lutte engagée pour la vérité, glanant quelques soutiens (comme Mélanie Bruwer et Stanley), mais affrontant surtout une féroce adversité. Sa lutte contre le mensonge d'État dérange la puissante Section spéciale. Les nerfs à vif, isolé et accablé par les morts qui s'accumulent autour de lui, Ben doute et se remet en question : « Pendant combien de temps encore la liste de ceux qui paient le prix de mes efforts pour blanchir le nom de Gordon devra-t-elle s'allonger ? » (p. 328) Se sentant à juste titre menacé, Ben se révèle un homme courageux et engagé, n'hésitant pas à passer le relai de son combat à travers le contenu de ses notes à un ancien camarade de fac, devenu écrivain.

GORDON NGUBENE

Gordon travaille comme balayeur dans l'école où enseigne Ben Du Toit. Époux d'Emily et père de Jonathan, Gordon est un bon mari et un bon père, un homme aimable et juste qui n'a jamais fait de tort à personne.

Outre son métier de balayer, Gordon et les siens rendent des menus services à la famille Du Toit, en remerciement du soutien que leur témoigne Ben.

Originaire du Transkei (ancien bantoustan d'Afrique du Sud, 1976-1994), Gordon a été par le passé un étudiant brillant qui, malgré des interruptions dues à une situation familiale compliquée, a obtenu avec succès son certificat d'études. Plus attaché à la vie citadine qu'à celle passée dans le Transkei, il y envoie néanmoins son fils ainé Jonathan, afin qu'il soit « initié et circoncis » (p. 49).

La mort inexpliquée de son fils suite aux émeutes de Soweto le laisse incrédule. Il cherche alors à découvrir les circonstances réelles du décès, par sens de l'honneur et de la justice. Il souhaite enterrer Jonathan dignement. À cette fin, il prend des risques, se montre courageux et décidé. Il est également arrêté par la Section spéciale et meurt suite aux tortures qu'on lui inflige.

EMILY

Épouse de Gordon et mère de Jonathan et de Robert, Emily vit à Soweto avec peu de moyens, dans une maison faite de ciment et de tôle ondulée. En bonne mère de famille, elle est serviable, généreuse et prévoyante. Alors que de nombreux Noirs du quartier se méfient de Ben parce qu'il est Blanc, cherchant même à lui nuire, elle se montre respectueuse envers lui.

Tant que Gordon est en prison, Emily fait preuve de calme, de détermination et de courage, mais la mort de son époux la fait sombrer dans le désespoir le plus total. Défaitiste, elle ne croit plus en la possibilité d'une justice. La mort de son fils Robert la conduit finalement, à bout de forces, au suicide.

SUSAN

Épouse de Ben Du Toit et mère de Johan, Suzette et Linda, Susan semble incarner la courtoisie, la convenance et la gentillesse qu'exige son éducation bourgeoise. Mais elle se sent brimée sous le poids des convenances et se montre presque toujours pleine de reproches et d'ironie envers son mari, qu'elle tient pour un raté et pour responsable de cette vie qui ne la satisfait pas. N'essayant pas de le comprendre, elle se montre égoïste : la cause qu'il défend ne la touche en rien et elle privilégie son confort bourgeois à la compassion pour autrui. Suite au combat de son époux contre l'apartheid, Susan sombre dans la dépression et décide finalement de le quitter.

SUZETTE

Fille de Susan et de Ben, Suzette est architecte à Pretoria. Elle ressemble à sa mère, non seulement physiquement – elle est blonde, grande, a les yeux bleus et la même silhouette –, mais aussi par sa personnalité : c'est une femme extravertie au caractère fort. Carriériste, elle délaisse son fils et ne s'entend pas avec son père, qu'elle accable de reproches et de moqueries. Lorsque Susan quitte Ben, Suzette se montre étonnamment gentille et serviable envers lui. Mais ce n'est que pour mieux le trahir, en collaborant avec la Section spéciale.

STANLEY

Stanley Mahkaya est un ami de la famille de Gordon. Il gagne sa vie comme chauffeur de taxi, bien qu'il exerce cette fonction illégalement. Grâce à son gagne-pain, il s'est un constitué un solide réseau de contacts qui le tiennent au courant de ce qui se passe. Il est décrit comme étant « un homme corpulent, plus d'un mètre quatre-vingt, un cou de taureau, plusieurs doubles mentons [...] Très noir, avec des paumes très claires » (p. 68). Dans un premier temps, Stanley est très moqueur et méfiant vis-à-vis de Ben, qu'il surnomme d'une façon méprisante « Lannie » (ce qui signifie « homme blanc » en bantou, cette langue multiforme parlée dans toute la partie méridionale de l'Afrique). La naïveté de Ben concernant les conditions de vie des Noirs l'agace régulièrement : « "Tu es blanc." Comme si ça résumait tout. "L'espoir t'est facile. Tu en as l'habitude." » (p. 104) Cependant, se découvrant une enfance similaire et soutenant tous les deux la famille de Gordon, Stanley et Ben finissent par se lier d'amitié.

MÉLANIE BRUWER

Mélanie Bruwer est journaliste à *The Mail* et possède la double nationalité anglaise et sud-africaine. Dès leur première rencontre, Ben se sent attiré par elle : « Il avait été frappé par sa jeunesse. Vulnérable, ouverte, franche, tendre. [...] Affirmation d'une invincible féminité. » (p. 144)

En la personne de Mélanie, Ben découvre tout d'abord un soutien sans faille, ce qui est remarquable dans la mesure où les Blancs sont peu prompts à s'engager aux côtés des Noirs. Cela s'explique sans doute d'une part par sa position d'entredeux (anglaise et sud-africaine), qui lui ménage une extériorité critique par rapport à la société blanche sud-africaine, Afrikaner, à laquelle elle n'appartient pas exclusivement, et d'autre part, par un gout du militantisme hérité de son père.

Outre sa complice (même s'ils continueront à se vouvoyer), Ben fera également de Mélanie sa maitresse. C'est d'ailleurs ce dernier élément qui sonnera le glas du mariage de Ben, après que Susan a reçu une photo sans équivoque des deux amants, un cliché plus que probablement pris et envoyé par la Section spéciale. C'est cette même Section qui empêchera la courageuse jeune femme de revenir sur le territoire sud-africain, en la privant de sa nationalité et de son droit de séjour.

PHIL BRUWER

Phil Bruwer est le père de Mélanie. C'est un personnage haut en couleur, bourru, grossier et pétomane. Malgré cela, c'est un homme sage, d'ailleurs professeur de philosophie, dont les opinions témoignent d'un esprit cultivé. Parti en Allemagne dans les années trente afin d'y étudier la philosophie, il est revenu en Afrique du Sud au moment de l'ascension d'Hitler (homme d'État allemand, 1889-1945), avant de repartir le combattre lorsque la Seconde Guerre mondiale (1939-1945) a été déclarée. Fait prisonnier dans un camp durant trois ans, il s'était juré d'épouser, à sa libération, la première juive venue.

André Brink donne quelques éléments sur son physique : « Sa crinière blanche et hirsute n'avait pas dû être peignée depuis des mois. Bouc sali par la nicotine, yeux brillants disparaissant à moitié sous des sourcils en broussaille. » (p. 230)

STOLZ

Le capitaine Stolz est l'un des chefs de la Section spéciale. Il incarne la féroce adversité à laquelle Ben se heurte : la violence, la sournoiserie, etc. Décrit comme « grand, mince » avec des « yeux sombres et étranges pour un visage si pâle. Une cicatrice étroite et décolorée sur sa joue » (p. 74), son attitude va susciter le malaise de Ben, et ce dès leur première rencontre :

> « [Stolz] joue avec une orange qu'il lance et rattrape, relance et rattrape de nouveau ; chaque fois qu'elle tombe dans sa main blanche, il s'arrête un instant et la caresse brièvement, voluptueusement, avec un regard imperturbable. Il reste désagréablement hors de votre vue dans votre dos, quand vous vous asseyez sur la chaise que le colonel vous offre. » (*ibid.*)

C'est lui, dont le nom est à consonance germanique, qui organise les disparitions de Noirs, qu'il déguise en suicides. C'est lui également qui menacera une dernière fois Ben avant son meurtre :

> « Stolz ne bougea pas. "Ne précipitez pas les choses. Je vous offre une chance."
> – Vous voulez dire ma dernière chance ?
> – On ne sait jamais. » (p. 344)

La consonance germanique du nom « Stolz » induit inévitablement chez le lecteur un rapprochement entre le régime raciste nazi et le régime ségrégationniste. Ce rapport est d'ailleurs explicitement suggéré par le père de Mélanie :

> « Tout n'est que système. Pas de place pour Dieu. Tôt ou tard,

les gens commencent à croire en leur mode de vie comme en un absolu : fondamental, une précondition. Je l'ai vu de mes propres yeux en Allemagne, pendant les années trente. Toute une nation courait après l'Idée, tel le porc de Gadaréné. *Sieg heil ! Sieg heil !* ça m'empêchait de dormir la nuit. [...] Et maintenant, je vois la même chose se produire, dans mon propre pays, pas à pas. Horriblement prévisible. » (p. 232)

CLÉS DE LECTURE

LE CONTEXTE HISTORIQUE

La colonisation de l'Afrique du Sud

En 1652, les Néerlandais s'établissent au Cap où ils fondent une colonie. Ils seront par la suite rejoints par d'autres colons venus entre autres de France (les huguenots, protestants français, suite à la révocation de l'édit de Nantes, en 1685, qui met fin à l'existence légale du protestantisme en France), d'Allemagne et de Scandinavie. Ces premières vagues marquent le début de l'esclavage des Noirs.

Ces premiers colons deviennent les « Boers » (« paysans » en néerlandais) car ils vivent majoritairement de l'agriculture et de l'élevage. Plus tard, le terme « Afrikaners » va désigner l'ensemble de cette communauté blanche, de religion calviniste et qui parle une langue dérivée du néerlandais : l'afrikaans.

Fin du XVIIIe et début du XIXe siècle, à la faveur du Congrès de Vienne de 1814 (congrès prévu pour réorganiser l'Europe après la chute de Napoléon, empereur des Français, 1769-1821) la colonie du Cap tombe entre les mains des Britanniques : l'anglais devient la langue officielle et l'esclavage est aboli en 1933. Les Boers, hostiles à l'assimilation culturelle et à la politique anglaise qu'ils jugent trop en faveur des Noirs, développent un fort sentiment nationaliste afrikaner. L'évènement le plus marquant est celui du Grand Trek (1834-1839), soit l'émigration des Boers vers les terres intérieures. Cet épisode est vécu par les Boers sur le mode de l'exode biblique et fondera leur imaginaire de peuple élu supérieur aux autres. Après plusieurs guerres et affrontements avec les Britanniques, les Boers, devenus une force politique, parviennent à s'infiltrer dans les mailles du pouvoir et entérinent (c'est-à-dire qu'ils donnent une légitimité juridique) en 1921 une politique de ségrégation raciale inaugurée en 1913. À partir de là, d'année en année, les mesures discriminatoires et racistes promulguées par les autorités vont se durcir et s'accumuler. L'enjeu pour les Boers, qui ont écarté la menace britannique, est triple :

- prendre leur revanche sur la reconnaissance culturelle et sociale ;
- entériner une idéologie religieuse de supériorité ;
- protéger l'identité boer contre la nouvelle menace noire.

L'apartheid

L'apartheid (« séparation » en afrikaans) est le régime de ségrégation systématique des populations de couleur appliqué en Afrique du Sud entre 1913 et 1991. Parmi les mesures que l'apartheid impose, on retrouve :

- l'interdiction des mariages mixtes ;
- l'interdiction des relations sexuelles entre Blancs et non Blancs ;
- l'interdiction de tout parti catalogué comme communiste ;
- la classification des individus selon leur race ;
- la répartition raciale des zones urbaines d'habitation ;
- l'obligation pour les Noirs circulant en dehors des zones autorisées de posséder un laissez-passer ;

- la mise en place de commodités publiques distinctes (toilettes, fontaines, etc.) ;
- l'interdiction du droit de grève pour les travailleurs noirs ;
- l'interdiction de l'accès à la formation professionnelle aux Noirs ;
- la ségrégation dans tous les lieux officiels et publics (enseignement, administration, hôpitaux, restaurants, cinéma, parcs, etc.).

En 1960, une révolte contre le système des passeports intérieurs est réprimée dans le sang : c'est le massacre de Sharpeville. Malgré une nouvelle série de mesures liberticides, la contestation noire s'installe durablement avec, comme figure de proue, Nelson Mandela (avocat et homme d'État sud-africain, 1918-2013) condamné à la perpétuité en 1964. Suite à la lutte politique menée par les partis démocratiques africains et au soutien apporté par la communauté internationale, l'apartheid finit par être aboli en 1991. Le 10 mai 1994, Mandela est élu au suffrage universel premier président noir de l'Afrique du Sud.

Cette histoire et ce contexte sont la matière du roman d'André Brink. Le nom du héros par exemple, Du Toit, fait peut-être même référence au personnage historique Stephanus Jacobus du Toit (1847-1911) qui, en 1879, a fondé l'*Afrikaner Bond* (la « ligue afrikaner » en afrikaans) en vue de la reconnaissance de l'afrikaans comme langue. Ben Du Toit porte ainsi en lui toute l'histoire de la colonisation de l'Afrique du Sud, en tant que descendant des colons français et en tant qu'il est lié à la famille d'un nationaliste Afrikaner.

UN ROMAN AUX PRISES
AVEC LES ÉVÈNEMENTS

Le premier séjour d'André Brink en France a lieu entre 1959 et 1961. Ce voyage lui fait prendre conscience de l'iniquité de l'apartheid. En effet, étudiant à la Sorbonne, il fait la connaissance d'étudiants noirs considérés comme égaux aux blancs. C'est là que nait la vocation littéraire de Brink : se sentant investi d'une mission, il désire jouer, par les moyens de la littérature, un rôle politique, social et moral dans son pays en dénonçant l'horreur du racisme institutionnalisé.

L'écrivain commence l'écriture d'*Une saison blanche et sèche* un an avant la mort de Steve Biko (militant sud-africain, 1946-1977), l'une des grandes figures de la lutte antiapartheid, arrêté, torturé et assassiné par la police en 1977, et au moment où Nelson Mandela est enfermé sur l'ile de Robben Island (ile sud-africaine). Ces évènements poussent Brink à interrompre la rédaction de son œuvre, qu'il ne reprendra que plus tard. La composition du roman s'est donc faite en deux temps.

Rien dans le roman n'est inventé. L'écrivain parle de l'Afrique du Sud telle qu'elle était réellement dans les années 1970. Mais *Une saison blanche et sèche* n'est pas pour autant exempt de fiction. La littérature, incarnation fictionnelle des rapports humains, réflexion philosophique et mise en œuvre esthétique, transcende le caractère éphémère des évènements politiques sordides. Là où le reportage risque de rester à la surface du problème que pose un évènement ou une suite d'évènements et d'en accentuer le caractère épisodique, la littérature interroge les enjeux profonds qui ont trait à la nature humaine ou, dans ce cas-ci, à la condition sociale de l'homme. Le roman de Brink aura d'ailleurs une véritable influence historique : l'écrivain afrikaner et d'autres artistes encourageront les nations démocratiques d'Europe et d'Amérique à exercer une pression politique sur le gouvernement d'Afrique du Sud pour qu'il établisse une démocratie égalitaire. La voix révoltée de Brink, par l'écho international qu'a reçu son œuvre (prix Martin Luther King pour sa publication en anglais, prix Médicis étranger pour la version française, grand écho dans les médias, adaptation du roman au cinéma), aura indéniablement contribué à introduire les Noirs sud-africains à la table des négociations.

DEUX MONDES SÉPARÉS

La dichotomie fondamentale qui divise l'Afrique du Sud à cette époque est au cœur du récit d'André Brink. L'espace qu'offre le roman permet d'aborder la problématique de l'interculturalité, c'est-à-dire de la cohabitation de deux cultures qui s'affrontent, chacune étant comme un monde à part, chacune nourrissant un imaginaire propre et des re-présentations de l'autre. L'enjeu pour le romancier est alors de présenter ces deux univers, en soulevant la question des connexions qui peuvent s'opérer de l'une à l'autre.

C'est pourquoi, parlant de la société sud-africaine, c'est en réalité le monde blanc en général que Brink dépeint : ses quartiers, ses représentations, ses structures politiques, l'éducation, les loisirs et les évènements familiaux qui rythment son imaginaire. Brink montre comment, très concrètement, cet univers se soutient d'un système juridi-co-policier totalitaire qui justifie les abus, la violence et la propagande raciste.

Face à l'univers des Blancs, l'auteur décrit également avec grand soin le monde noir. Les Noirs, qui représentent la majorité opprimée en Afrique du Sud, vivent dans les agglo-mérations (*township*) comme Soweto ou d'autres ghettos poussiéreux où ils ont été amenés en vue de constituer une réserve de main-d'œuvre. La révolte gronde dans le cœur des jeunes, qui ne tolèrent plus les lois injustes faisant des Blancs les maitres absolus avec la complicité de toutes les institutions (ministres, députés, pasteurs, juges, journa-listes ou enseignants).

Cependant, il ne s'agit pas non plus, pour André Brink, de réduire la société sud-africaine à une opposition simple de deux blocs monolithiques : Noirs contre Blancs. Chaque communauté est elle-même divisée. L'Afrique du Sud est ainsi un paysage morcelé, aux clivages multiples, à l'image des différentes langues parlées dans le pays ou des espaces de vie très différents (la ruralité des fermes traditionnelles, les grandes villes, les banlieues). Dans les banlieues juste-ment, plusieurs classes sociales coexistent, et différentes personnalités et manières de réagir à l'oppression se font jour. Il en va de même pour le monde blanc, où Anglais et Afrikaners sont en totale opposition. Si la presse de langue afrikaans, par exemple, ne soutient pas la cause de Ben, la presse anglaise n'hésite pas à relayer les scandales judi-ciaires et les méfaits de la police.

Entre ces clivages, certains tentent d'établir des passages, des connexions ou des alliances. C'est le cas de Ben Du Toit, qui cherche avec obstination à rendre justice à Gordon et à Jonathan. Cette quête de vérité le met au ban des siens : il est incompris et rejeté par sa famille, ses amis et ses collègues, tous incapables de comprendre l'importance que revêt pour lui cette enquête en faveur de ceux qui ne sont pas réellement à leurs yeux des hommes.

Mais, plus significatif encore, malgré le rejet dont il est victime, il n'est pas plus accepté par les Noirs qui, méfiants, l'insultent et le menacent. Voulant se montrer solidaire des Noirs, Ben non seulement s'exclut du monde des Blancs dont il ne partage plus l'imaginaire raciste, mais ne peut pour autant passer allègrement du côté de ceux qu'il défend. La raison en est peut-être la suivante : vouloir sauver les opprimés à leur place est encore un geste d'oppression, issu du paternalisme blanc.

C'est peut-être cela le problème politique que soulève le roman : Ben, malgré sa bonne volonté, mais inconscient des représentations qu'il véhicule malgré lui, reconduit un geste d'oppression. Le surnom que lui attribue Emily est à ce titre tout à fait parlant : « *baas* » est le mot qui désigne le Blanc comme un « maitre ». Le fait que Ben ne connaisse pas le vocabulaire bantou employé par Stanley, mais plus encore, qu'il prenne ce dernier pour un Xhosa (population bantoue de l'Afrique australe), comme l'est Gordon, alors que Stanley est en réalité un Zulu (population bantoue d'Afrique du Sud), témoigne de son ignorance quant à la réalité de cette communauté disparate.

Ben est ainsi condamné à errer à la frontière des deux mondes, dans un entredeux inconfortable, voire invivable.

Dans les dernières pages, l'absurdité de cette posture de héros non accepté par ceux qu'il tente de défendre est encore plus flagrante :

> « J'ai seulement baissé la vitre d'un centimètre et je leur ai crié : "Vous ne comprenez donc pas ? Je suis de votre côté !" Ma voix était au seuil de l'hystérie. Puis, la première pierre est venue frapper la carrosserie. » (p. 369)

Abandonné et trahi par sa famille et sa caste, méprisé et agressé par la communauté noire, Ben ne semble être défini que par cette phrase de Stanley : « Laisse tomber, tu es un étranger. » (p. 208)

LA THÉMATIQUE DE LA SOLITUDE

André Brink est fasciné par le problème de la solitude et les difficultés de l'homme à établir un lien avec autrui. Si le combat pour la justice en Afrique du Sud est un thème majeur de son œuvre, les relations humaines et les sentiments qui lient les hommes entre eux en sont un autre. L'écrivain se sent particulièrement proche d'Albert Camus (écrivain français, 1913-1960), et notamment de son personnage Meursault, le principal protagoniste de *L'Étranger* (1942).

Mais son affinité avec le philosophe de l'absurde s'explique également par le lien que ce dernier a établi entre les mots « solidaire » et « solitaire », notamment dans *L'Homme révolté* (1951) qui aborde de front la question du passage entre un « Je » révolté, qui dit non à l'injustice, et sa prolongation dans le « Nous » d'une action collective.

Par la prise de conscience du sort injuste qui est réservé aux colonisés à laquelle il veut nous faire accéder, par sa propre position d'énonciation et par son travail littéraire, André Brink prolonge décidément le geste de Camus. Brink ne cache pas son admiration pour le philosophe de l'absurde et de la révolte, dont il a par ailleurs traduit l'ouvrage *La Peste* (1947) en afrikaans. Dans son autobiographie *Mes bifurcations* (2009), Brink réaffirme sa dette envers Camus :

> « Et naturellement Camus. Qui devint promptement et demeure l'un des phares baudelairiens de mon existence. Je fais plus qu'admirer Camus : je l'aime. » (p. 236)

Cette admiration, amour finalement pour Camus se révèle à travers une litote :

> « Vous avez toujours le choix. Soyez seulement reconnaissant à vous-même d'avoir fait le choix que vous avez fait. Ce n'est pas une idée originale, je vous le concède. Camus. Mais on peut faire pire que l'écouter. » (*Ibid.*)

UNE AMBITION HISTORIQUE ET LITTÉRAIRE

L'une des caractéristiques les plus évidentes d'*Une saison blanche et sèche* est l'entrelacement qu'il cherche à établir entre travail historique, presque de témoignage d'une situation d'injustice, et travail littéraire.

Pour atteindre une certaine objectivité, André Brink instaure une double narration à travers un système de récit enchâssé, le premier auteur n'étant pas Ben, pourtant le personnage principal, mais son ancien ami, auteur de romans d'amour et d'aventures.

Ben est majoritairement l'objet d'un récit relaté, bien que parfois, à travers son journal par exemple, il s'exprime en recourant au pronom personnel « Je » : « 25 février : Je prends de moins en moins de notes. » (p. 327)

Cette dualité de narrateurs peut être expliquée par la volonté de Brink d'instaurer une distance vis-à-vis du récit. Ben, d'une façon presque anachronique, peut finalement être vu comme un lanceur d'alertes. Il part en effet d'un fait divers pour mener une enquête (en se basant sur des éléments concrets : rapports du légiste, documents, té-moignages, etc.) et arriver à un point de vue critique qui est supposé éveiller les consciences. En résulte une solitude, à la fois pour Ben, mais aussi pour André Brink, dont l'ouvrage a été purement et simplement interdit en Afrique du Sud à sa sortie en 1979.

Mais réduire *Une saison blanche et sèche* à un travail objectif de témoignage serait une gageüre. Car le travail d'écriture de Brink, proprement littéraire, est remarquable. Outre la double narration, l'auteur soigne également la psychologie de ses personnages et rend leurs états d'âme perceptibles à travers un style et un rythme particuliers.

Ainsi, par exemple, la paranoïa (légitime) de Ben est rendue évidente par le rythme haché qu'il adopte dans son journal : « Mercredi 11 mai. Jour étrange. Visite de la Section Spéciale, avant-hier. Difficile d'en parler par écrit, mais je le dois. Aligner des phrases est salutaire, comme de respirer profondément. Vais essayer. Une frontière traversée. » (p. 196)

PISTES DE RÉFLEXION

QUELQUES QUESTIONS POUR APPROFONDIR SA RÉFLEXION...

- Analysez le titre de l'œuvre à partir de cette citation :

  > « Le seul souvenir qui m'ait poursuivi toute la journée, infiniment plus réel que les solides bâtiments de l'école, est cet été lointain où papa et moi nous sommes restés seuls avec nos moutons. La sécheresse nous enlevait tout, nous abandonnant, brûlés, parmi ces blancs squelettes. [...] J'ai l'impression d'être à la lisière d'une autre saison blanche et sèche, peut-être pire que celle que j'ai connue, enfant. » (p. 203)

- Les noms des personnages sont significatifs. Expliquez l'origine du nom de Ben Du Toit et de Stolz.
- Comment Ben Du Toit passe-t-il de l'ignorance à la conscience ?
- À votre avis, pourquoi Ben n'est-il pas toujours accueilli à bras ouverts par ceux qu'il veut pourtant sauver ?
- Comment l'auteur interroge-t-il sa propre position à travers le personnage de Ben ?
- Quelle question politique nous pose ce récit ?
- Quelle image de l'Afrique du Sud se dégage à la lecture de ce roman ?
- Quels sont les points communs entre Albert Camus et André Brink, ainsi qu'entre leurs personnages respectifs ?
- Comparez le livre avec son adaptation cinématographique.

- Connaissez-vous d'autres œuvres qui aient joué un rôle historique d'émancipation ?
  Ou d'autres auteurs sud-africains qui se rapprochent de la démarche d'André Brink ?

Votre avis nous intéresse !
Laissez un commentaire sur le site de votre librairie en ligne
et partagez vos coups de cœur sur les réseaux sociaux !

POUR ALLER PLUS LOIN

ÉDITION DE RÉFÉRENCE

* Brink A., *Une saison blanche et sèche*, traduit de l'anglais par Robert Fouques Duparc, Paris, Stock, 1980.

ÉTUDES DE RÉFÉRENCE

* « André Philippus Brink », in *larousse.fr*, consulté le 5 avril 2017, http://www.larousse.fr/encyclopedie/personnage/Andr%C3%A9_Philippus_Brink/110236
* « Apartheid », in *Encyclopédie Larousse en ligne*, consulté le 5 avril 2017, http://www.larousse.fr/encyclopedie/divers/apartheid/22047
* Fauré M., *L'Afrique du Sud divisée au temps de l'apartheid. Quand la ségrégation a force de loi*, Bruxelles, Lemaitre Publishing, coll. « 50Minutes », 2015.
* Puissant Baeyens F., *Nelson Mandela et la lutte contre l'apartheid. L'homme de la réconciliation*, Bruxelles, Lemaitre Publishing, coll. « 50Minutes », 2016.

ADAPTATION

* *Une saison blanche et sèche*, film d'Euzhan Palcy, avec Donald Sutherland et Marlon Brando, États-Unis, 1989.

Retrouvez notre offre complète sur lePetitLittéraire.fr

- des fiches de lectures
- des commentaires littéraires
- des questionnaires de lecture
- des résumés

ANOUILH
- Antigone

AUSTEN
- Orgueil et Préjugés

BALZAC
- Eugénie Grandet
- Le Père Goriot
- Illusions perdues

BARJAVEL
- La Nuit des temps

BEAUMARCHAIS
- Le Mariage de Figaro

BECKETT
- En attendant Godot

BRETON
- Nadja

CAMUS
- La Peste
- Les Justes
- L'Étranger

CARRÈRE
- Limonov

CÉLINE
- Voyage au bout de la nuit

CERVANTÈS
- Don Quichotte de la Manche

CHATEAUBRIAND
- Mémoires d'outre-tombe

CHODERLOS DE LACLOS
- Les Liaisons dangereuses

CHRÉTIEN DE TROYES
- Yvain ou le Chevalier au lion

CHRISTIE
- Dix Petits Nègres

CLAUDEL
- La Petite Fille de Monsieur Linh
- Le Rapport de Brodeck

COELHO
- L'Alchimiste

CONAN DOYLE
- Le Chien des Baskerville

DAI SIJIE
- Balzac et la Petite Tailleuse chinoise

DE GAULLE
- Mémoires de guerre III. Le Salut. 1944-1946

DE VIGAN
- No et moi

DICKER
- La Vérité sur l'affaire Harry Quebert

DIDEROT
- Supplément au Voyage de Bougainville

DUMAS
- Les Trois Mousquetaires

ÉNARD
- Parlez-leur de batailles, de rois et d'éléphants

FERRARI
- Le Sermon sur la chute de Rome

FLAUBERT
- Madame Bovary

FRANK
- Journal d'Anne Frank

FRED VARGAS
- Pars vite et reviens tard

GARY
- La Vie devant soi

GAUDÉ
- La Mort du roi Tsongor
- Le Soleil des Scorta

GAUTIER
- La Morte amoureuse
- Le Capitaine Fracasse

GAVALDA
- 35 kilos d'espoir

GIDE
- Les Faux-Monnayeurs

GIONO
- Le Grand Troupeau
- Le Hussard sur le toit

GIRAUDOUX
- La guerre de Troie n'aura pas lieu

GOLDING
- Sa Majesté des Mouches

GRIMBERT
- Un secret

HEMINGWAY
- Le Vieil Homme et la Mer

HESSEL
- Indignez-vous !

HOMÈRE
- L'Odyssée

HUGO
- Le Dernier Jour d'un condamné
- Les Misérables
- Notre-Dame de Paris

HUXLEY
- Le Meilleur des mondes

IONESCO
- Rhinocéros
- La Cantatrice chauve

JARY
- Ubu roi

JENNI
- L'Art français de la guerre

JOFFO
- Un sac de billes

KAFKA
- La Métamorphose

KEROUAC
- Sur la route

KESSEL
- Le Lion

LARSSON
- Millenium I. Les hommes qui n'aimaient pas les femmes

LE CLÉZIO
- Mondo

LEVI
- Si c'est un homme

LEVY
- Et si c'était vrai…

MAALOUF
- Léon l'Africain

MALRAUX
• La Condition
  humaine

MARIVAUX
• La Double
  Inconstance
• Le Jeu de l'amour
  et du hasard

MARTINEZ
• Du domaine
  des murmures

MAUPASSANT
• Boule de suif
• Le Horla
• Une vie

MAURIAC
• Le Nœud
  de vipères

MAURIAC
• Le Sagouin

MÉRIMÉE
• Tamango
• Colomba

MERLE
• La mort est
  mon métier

MOLIÈRE
• Le Misanthrope
• L'Avare
• Le Bourgeois
  gentilhomme

MONTAIGNE
• Essais

MORPURGO
• Le Roi Arthur

MUSSET
• Lorenzaccio

MUSSO
• Que serais-je
  sans toi ?

NOTHOMB
• Stupeur et
  Tremblements

ORWELL
• La Ferme
  des animaux
• 1984

PAGNOL
• La Gloire de
  mon père

PANCOL
• Les Yeux jaunes
  des crocodiles

PASCAL
• Pensées

PENNAC
• Au bonheur
  des ogres

POE
• La Chute de la
  maison Usher

PROUST
• Du côté de
  chez Swann

QUENEAU
• Zazie dans
  le métro

QUIGNARD
• Tous les matins
  du monde

RABELAIS
• Gargantua

RACINE
• Andromaque
• Britannicus
• Phèdre

ROUSSEAU
• Confessions

ROSTAND
• Cyrano de
  Bergerac

ROWLING
• Harry Potter à
  l'école des sor-
  ciers

SAINT-EXUPÉRY
• Le Petit Prince
• Vol de nuit

SARTRE
• Huis clos
• La Nausée
• Les Mouches

SCHLINK
• Le Liseur

Analyse de l'œuvre
Germinal

Analyse de l'œuvre
L'Étranger

Analyse de l'œuvre
Le Père Goriot
de Balzac

Analyse de l'œuvre
Candide ou l'Optimisme

Analyse de l'œuvre
Oscar et la Dame rose

ISBN version numérique : 978-2-8062-4141-2
ISBN version papier : 978-2-8062-4079-8
Dépôt légal : D/2014/12603/410

Avec la collaboration de Célia Ramain pour l'étude des personnages de Ben Du Toit, Stanley, Mélanie Bruwer, Phil Bruwer et Stolz, ainsi que pour les chapitres « Le contexte historique » et « Une ambition historique et littéraire ».

Conception numérique : Primento,
le partenaire numérique des éditeurs.

Ce titre a été réalisé avec le soutien de la Fédération Wallonie-Bruxelles, Service général des Lettres et du Livre.